我的罪

西楠現代詩作選集 2005-2017

西楠 著

謹以此書獻給我摯愛的丈夫──小神仙。

推薦序
萬物皆有裂痕，那是光進來的地方

文｜梅振華

　　西楠囑我為她的詩集寫序，既深感喜悅，又倍感惶恐。喜悅，是因為認識西楠二十載，終於有機會再次以文字形式見證吾妹之成長；惶恐，則因近十年已甚少執筆，恐詞不達意。終因西楠一句「哥，你是世界上最瞭解我的人」，硬下頭皮，勉力為之。

　　初識西楠，是在我們記憶中都尤為珍貴的中學時代，西楠加入由我創建的「青鳥」文學社——一個精靈般存在的、非常有靈氣的小女孩從此走進我的世界，成為我最寵愛的妹妹，一晃二十年。西楠一直是一個執著而純粹的人，不做作不虛偽，如一汪清水，從來如是。生活可以欺騙我，但我不能欺騙生活，更不能欺騙自己。正是這份執著的純粹，讓她的人生充滿了跌宕起伏——從中國到新加坡，再從新加坡到英國，這些年經歷的種種，外人謂之精彩，家人為之心疼。所幸的是對於西楠來說，活著不僅僅是苦難，還有愛和文字。父母的愛、丈夫的愛、摯友的愛，讓西楠心裡始終有一片安全的港灣，可以在這個喧囂的現實世界裡，任性地保持著那份純粹，在文字中自由行走，把那些害怕有一天自己會忘卻、終將逐漸變淡的記憶和經歷，寫進封存久遠的文字裡。

　　從1999年第一篇中學獲獎的短篇小說〈山城老人〉開始，

到第一本長篇小說《紐卡斯爾，幻滅之前》（獲「紫金・人民文學之星」長篇小說類提名獎），再到今天的詩選集《我的罪》，看西楠的文字已十八年了。我曾跟西楠說過，她的文字很像一杯雞尾酒——形形色色的經歷調成一段段五味雜陳的文字，繽紛絢麗，一飲而盡，餘韻未了。西楠早年的文字，猶如一杯瑪格麗特，顏色驚豔、口感濃郁、張揚無比，看過後久久不能忘懷。小說《紐卡斯爾，幻滅之前》裡，女主人公真真實實的留學生涯，卻幻覺一般地存在，把成長的青澀與壓抑融入每一段文字，一口氣讀完，恍若隔世。而西楠近年來的作品卻更像一杯長島冰茶，口感溫潤，沒有絢麗的色彩、也沒有花俏的裝飾，但細品後立馬感受到與其外觀反差極大的濃烈。從西楠的短篇小說〈在曠野中奔跑〉中的「徐愛」，到這一時期寫的現代詩，無不如同長島冰茶般的人生，看似紅茶般溫和芳香，讓人放鬆戒備，躍躍欲試，結果體會到更多的卻是伏特加般的辛辣，瞬間醉倒在生活狗血的漩渦中。從個性張揚到溫潤走心，這也許就是成長的足跡吧。吾家小妹初長成。

　　該談談這本詩集了。有一句話可以很恰當地表述我對這本詩集的感覺：「萬物皆有裂痕，那是光進來的地方」，這是加拿大著名歌手、詩人萊昂納德・科恩的句子。年輕時曾天真地認為，只要我們足夠努力，等到有了時間，有了錢，生活就會自動美好起來。然而，隨著四十不惑的來臨，我才開始懂得，生活總是會捉襟見肘，我們只能在有限中追求美好。我們還是要努力地活著，然後，在裂痕之中，看到希望。在這本詩集中，從開篇第一章的「回答」、第二章「我的罪」……直到收尾的第六章「對面的窗」，西楠從死亡、精神病，探討至對國、對家、對上帝、對愛與性的體悟，字句表面不溫不火、樸實無華，細品味卻能夠讀

出西楠豐富的內心世界，短短數行卻發自肺腑，感人至深。而讓我最感欣慰的是，文字裡西楠一如既往地不避諱生活的黑暗和傷疤，恍惚間我似乎又看見了20年前那個有靈氣而純粹得執著的小女孩……歲月帶走了她的一切，唯獨沒有帶走這份彌足珍貴的純粹。

　　願這本詩集帶給讀者一份精神的震撼和共鳴。

2017.8.18 於 廣州

（本文作者係西楠近二十年老友，原「青鳥」文學社社長，現富晨公司董事總經理）

我的罪

目次

輯三｜你最像上帝

輯四｜你的寂寞

輯五｜孤獨

輯六｜對面的窗

回答

聆聽

假使我談到死亡
勿需慌張
就像聆聽生活一樣，聆聽
死亡，像
聆聽聲音和
柔軟的詩章

還是，把話說白了吧
這事兒它也
並不美，但
決不比活著
更悲傷

2011.1.28 於 倫敦

這家精神病醫院

這家精神病醫院住著
一整個醫院的醫生和
唯一的病人
他們各顯神通，無所不用
為使她在夜裡醒來
不再看見影子跳舞

　　　　　　　　　　2017.7.6. 於 廣州

仙女

他在西班牙旅遊
他去超市買東西
站在超市門口，他看見
一地污水
一地垃圾
在這一灘污水和垃圾之上
曲腿坐著
一個面若天仙的女孩
二十來歲
髒兮兮
理平頭，她在
給自己注射毒品
注射完成，幾秒之後
她突然，目視前方
哈哈大笑起來
快樂至極
純淨至極
不知道她的幻想，是什麼？
他問
接下來的一整天，他都
很沮喪

我的罪

他說他已有的世界觀
無法解釋
這個垃圾堆裡的仙女

2014.11.14. 於 倫敦

無題 3

我渴望黑暗
正如
我渴望光明
我將
永久掙扎在，從
罪惡通往聖潔
的道路上

韓東說：
有人已經
邁入不朽
那就拜拜
就此別過

我並非聖人，也
不想當聖人
天堂，多麼無聊
我將
永久掙扎在，從

我的罪

罪惡通往聖潔
的道路上

2016.10.3. 於 倫敦

自由

看了兩部電影
塔利班
大毒梟
教兒童持槍和吸毒
讓他們用左輪手槍
玩兒「俄羅斯輪盤賭」
直到一人把自己崩掉
大佬們就摟著裸女
笑露黑黃牙齒

據說在1974年
當瑪麗娜·阿布拉莫維奇
被觀眾用上膛的手槍
抵住頭部
她的內心充滿恐懼

她當時明白了一件事
這件事我直到今天才看清：
沒有界限的自由
與撒旦同名

2017.5.30. 於 深圳

真實

親愛的
余光中說
「要在重重面具下看到真」
是啊
真實，是這世間
唯一令我心動之物
真實，不需要記憶
因它經得起
時間沖刷
但我又時常為事物的
真實性，所困擾
究竟什麼是「真實的」
什麼又不是？
也許「真實」只是一個
偽概念
「真實」，是沒有的
我曾為它，燃燒自己
榨乾自己，然而
在時間一成不變的

流逝中
我一無所獲，兩手空空[1]

2017.1.5. 於 倫敦

---

[1]　末句靈感來自海子。

謎底

在這世間，真實也常常
不合時宜
我總為事物看上去的樣子
那麼名不符實，而
一次次陷自己於不義

2015.5.5 於 倫敦

意義

你活著為什麼？
你問
為錢財，為權力，為聲望
即能感到安心
你說
美其名曰叫做「目標」
「人得有目標啊」
然而我
什麼也不為
像一葉飄蕩海上的小船
順流而下，四處為家
像潮起潮落
什麼也不為[1]

生命的意義止於生命本身

2016.8.31. 於 倫敦

---

[1]　此句借鑒謝天笑歌曲《潮起潮落是什麼都不為》中歌詞。

純潔

餐廳裡

坐我左邊的一桌客人在說：
「我男朋友的問題就在於……」

坐我右邊的一桌客人在說：
「我還真見過這種惟利是圖的人……」

坐我後邊的一桌客人在說：
「所以從細節就可以看出他的劣根性……」

我們都以為自己是純潔的

2016.5.17. 於 北京

支撐

N說：
每次在櫃檯前
站過8小時
她就感到絕望
可，一想到，提成
就有了動力

Q說：
每次在跑步機上
跑過10分鐘
她就感到絕望
可，一想到，瘦身
就有了動力

X說：
每次在書桌前
寫過一上午
他就感到絕望
可，一想到，署名
就有了動力

是什麼支撐我們
絕處逢生
是什麼支撐我們
活下去

2016.5.12.於 北京

規則

人行綠燈
行人穿過馬路
汽車道上
一輛漆黑的摩托車
飛馳而過

2015.7.29 於 倫敦

我擔心，他們會摀死它

如果自由意志只是一種幻覺
為何人與人各不相同？
我問上帝
這時河邊一隻
小螞蟻
爬上我的白裙子
我看了牠一會兒，請牠不要爬進裙子裡
牠就不爬進裙子裡
我說我們發生親密關係吧
牠就爬在我的肌膚上，纏綿悱惻
我擔心自己過於龐大
移動便會傷害牠
我想放了牠
然而牠並不上我為牠指的路
我又擔心回到家被父母看見
他們會摀死牠
仍想放了牠
然而這會兒
牠爬過我的脖頸，爬過我的耳根
就不知跑到哪裡去了

噢對了，這和上次看見的小螞蟻是同一隻麼？

2017.7.5於 廣州

高舉主耶穌

領唱者唱至高潮：
「舉起你左手，再舉起你右手」
他唱得激情澎湃
他笑得乾淨過頭
如同置身真空
決不容忍假惡醜
舞臺下的追隨者也
慷慨激昂
唱得十分堅定
每次唱到「舉起手」
就立刻繃直手掌
向上推壓空氣
伴隨
跺腳和搖頭晃腦
領唱者不停唱「舉起手」
他們不停地舉起手
唱完這首，大家又
齊心協力唱了另一首
這次是：
「高舉主耶穌」

2016.9.27. 於倫敦

禱告

「他媽的，還在幹什麼咯？」
「快點！快快快！」
「還要禱告」
「還要吃早餐」
「還要換衣服」
「還要下樓」
「媽的，又遲到了」
「快快快！」
他火急火燎說完
一串話，像
機關槍掃射，之後
閉眼，雙手合十，及時地
換上一副虔誠面孔
嗓音柔和：
「我們在天上的父」
「請保佑我們全家」
「喜樂，祥和，陽光」
「奉主名禱告」
「阿們！」

2016.9.20. 於 倫敦

夢想家

你說，你遭到不明敵人的監視與迫害
你說，你無處可逃
你說，為了重獲自由，你只能
與敵人達成虛假合意，你只能
從堡壘內部攻破
必要時，做出犧牲
你說，世界正在上演，諸民族之鬥爭
而代表中華文明的你
必須效仿，女媧補天，以
拯救天下蒼生，於是

你砸碎了妻子贈予的水晶燈
你要用這碎片補天
你要補天
……

就這樣
你住進了醫院
醫生說，你得了，精神分裂症

可我卻說，你多像一位
多像一位，夢想家

2016.1.5. 於 倫敦

老瘋子

奶茶店裡有一道
玻璃門，唐人街上的
老瘋子，衣衫襤褸，那是
不飽和的藍，他坐在
玻璃門外晃動身體
撞擊
「咚──咚──咚──」
每晃動一下，玻璃就
彈跳一下，敲打
玻璃門內的
我的背脊，彷彿
我和他之間有了
某種聯繫
他一定是這條街上出了名的
老瘋子，我幾乎
日日夜夜地看到他，在
旅行社門口，藥店門口的
石階上
就這樣，坐著
日日夜夜地前後晃動
他歪扭的身體

興起時他還會
隨地大小便
消瘦，布滿溝壑的
臉，總是
嘴巴大張，有時
喃喃自語
沒有人知道他腦中有一個
童話，抑或噩夢？
沒有人知道他是如何
死裡逃生，我
亦不知──只是有時
想起他，我便要
莫名地流淚

2015.8.20 於 倫敦

歷史

越來越不相信我們的眼睛
歷史
不過被人書寫，而我們的眼睛
多麼局限
並且，越來越感到
世間的許多事
通過，欺騙，便可獲得
這對，真實，真是致命一擊
然而，小神仙信誓旦旦：
「你活著，人們活著
本身就在，改變歷史」
他還說：
「每一個人，活沒活過
都對歷史，造成很大影響」
他的確是說的：
每、一、個、人
我在想，如果
每、一、個、人
一間自己的房間
自行創造
自行毀滅

在客觀上，這段歷史
也確實存在過
所以，歷史，原來
不必非得和他人
發生什麼關係
才叫，歷史，麼？

2013.11.12 於 倫敦

掠食者的清白問題

據說由於
對圈養牲畜的
獵捕
攻擊，以及
人類的恐懼
狼
的棲息地
被大量破壞

2013.7.1 於 倫敦

蛤蜊

我們坐在河邊的
露天餐廳，吃
義大利海鮮麵
小神仙挑起
一隻蛤蜊，對我說：
你看牠多牛哇
這麼軟的，肉
卻長出
這麼硬的，殼

而我在想
可牠依然，正在
被我們吃

2013.6.3 於 倫敦

角色

無法假裝
你是誰
你只能是
你，或者
連根拔起

2012.11.22 於 倫敦

飛機上遇見

是不是家道中落的舊紳士
是不是退伍老兵
擱置在灰色西裝外套裡的
雕塑一樣的身體彎成衰老但嚴酷的
弓
雙目緊閉，呼吸，如同沒有呼吸
右手搭左手交錯宛若，十字架
為了保持這姿勢你十三個小時內
甚至沒去過一趟廁所
（以至我也沒好意思起身越過你去廁所）
「光輝，榮耀，英雄」……諸如此類
你仍在頑固地詮釋哪一種
飛機落地後空姐彬彬有禮地將
一張弓
搬上輪椅，漸行漸遠
輪椅上有一張弓

2012.11.20 於某國際航班上

進化

什麼是理智
什麼是情緒

背叛，成立前的最後一秒
他改了主意
「看見一隻黑洞」，據說
漩渦朝下

不是理智英勇地
戰勝了情緒
是一種情緒驕傲地
淹沒了另一種

2012.6.14 於 倫敦

恍然大悟

刀光劍影
三十幾歲的，她笑：
現在的大叔
就愛蘿莉塔

學佛念經
四十幾歲的，他嘆：
老了老了，人生轉眼
過了一半

恍然大悟
二十幾歲的，我想：
原來我們的
恐懼都一樣

2012.6.5 於 倫敦

我的罪

在地鐵

玩一個遊戲，排排坐
表情符號：要酷要淡定
咒語不謀而合：
「我們都是
木頭人
不許說話
不許笑……」

瞧：那張狂的違規者！定是
醉漢與瘋子！

——腹誹之後，在地鐵上
因為人數優勢
我們沾沾自喜

2011.2.9 於 倫敦

你不能說

當我真實地懼怕成為
慾望的奴隸
你不可置疑我
對於理性的崇高敬意

當我實在地厭倦跟從
規則的無趣
你不可譏諷我
一枚野馬般的赤心

2012.7.16 於 倫敦

回答

世界是一個
巨大的隱喻

而我在其中
不知該
如何答題

2017.6.24 於 廣州

在北×村

我們跟隨導遊
看竹林，古屋，流水
這個精神失常的
穿淺藍花衣的老太
始終緊隨在後，好像她
本就是其中一員
她在泥地裡
跳躍，唱歌，揮舞手臂
又跟著我們
上了返程大巴
怎麼也不肯下去
直到有人說：
這輛車開往廣州
她突然改變主意
慢吞吞蹭出車門

2017.6.9. 於 廣東陽江某公路上

中國作家

談及某部因政治原因
被下架的作品
50後的A說：
這就是前車之鑒
我們下筆時要
謹慎，再謹慎！

會後我和B又談及此
B和我同是80後
不料她脫口而出：
A老師的確
為我們
敲響了警鐘啊！

2017.6. 於 廣東某高速公路上

我的罪

二

身體

穿衣鏡前的這一具身體
色澤蠟黃
形態張弛
藍灰色內衣綁帶
勒
在皮膚裡
留下深紅凹陷的印記
你卻想起，往事如煙
並不著痕跡
從腋窩下蔓延至內衣側邊的
曲線
跌宕起伏的曲線
是窄小內衣無法承載的
囤積脂肪
是你這些年來吞咽下的
罪惡與美麗
歡笑與哭泣
耳垂向下
劃過你溫和的脖頸
漫步在你尚平坦的雙肩
你稍許自信

彷彿青春還在
但再往下，是你的手臂
輕夾緊
就多出一層：你所陌生的
蠟黃色的
肉
是你失掉的江山
空餘一片狼藉
啪嗒，你解開內衣
鏡中跳出：一對乳房
一對乳房
一對行將退役的士兵
中年發福
面面相覷
是兩隻混濁的瞳孔：打開
張望
現在，你轉一轉身子
以側面朝向穿衣鏡
你看見：日益隆起的小腹
你的十八歲一去不返
你看向：日益隆起的小腹

像在給尚未到來的嬰孩，做準備
你厭惡這過早的未雨綢繆
你感到自己像件
買一送一的贈品
你感到困惑
你仍舊對很多事情感到困惑
這一年你將要奔赴三十
小腹下逐漸壯碩的雙腿
擊中你的恐懼
還好這會兒
它們緊包裹在
牛仔褲腿裡
你們之間尚有一段
安全距離
你就這樣裸露著
上半身
上半身
上半身，和下半身之間
究竟有著怎樣關係？
你就這樣裸露著
看向穿衣鏡裡

你看向我
顫動一下嘴唇
沒有發出聲音

2015.6.4 於 倫敦

水療館內的女體

在水療館的女賓部內
我經常看見
一具具白花花的肉體：
肥頭大耳的
瘦骨嶙峋的
年老色衰的
青春跋扈的
⋯⋯
她們既不像書裡說的
婀娜又美豔
也不讓我感到
羞恥或神祕

2017.5.28 於 深圳

搓背女工

搓背女工有一雙
勞動人民厚實大手
圍繞我的
乳房，肚臍，臀部……打圈兒
她穿白色上衣和短褲，紮短馬尾
遠房親戚那種長相
像表姑，或者姨
給我搓背時，又來了倆人
她們著急：只有一人搓背嗎？
領班：另一個今早三點才下班，現在只有一人
這會兒
搓背女工力道較重，動作迅速
我則，靜靜趴著
放空這一刻

2017.7.15 於 深圳

我的罪

你們口吐蓮花，你們悲喜交加
你們懷抱著你們純金的嬰兒
發表對這世界的慷慨感言
彷彿大徹大悟

「呀，多麼可愛！」
人們交口稱讚
「呀，多麼可愛！」
我鸚鵡學舌

可我心情悲慟
「最壞的情況下
女人生育
無異於拉出了個南瓜」

社會又對我說：
「生育是這世上
最喜悅的事情」
這話我也不明白

臃腫，肥胖，審美扭曲……
內分泌，荷爾蒙，性情古怪……
還有「生命的延續」——這最大的謊言呵……
我仍然面對著死亡

人們仍然生活在渾濁的世界當中
生活得如此不明就裡
這希臘式的悲劇呵……
何以還要「延續」？

然而此刻
人們聚攏過來，團繞在我身邊——
人們伸出食指，指點在我鼻尖——
「你這有著子宮而不去生育的女人

你是有罪的！」
在這幻影般浮現的無數面孔當中
我辨識出一些熟悉的臉
一些父老鄉親，一些點頭之交
（點頭之交在這類事情上總是古道熱腸）

人們聚攏過來，團繞在我身邊——
人們伸出食指，指點在我鼻尖——
「你這有著子宮而不去生育的女人
你是有罪的！」

2016.4.17. 於 廣州

女人的仇恨

舞臺上的歌手縱情演唱
舞臺下的她們交頭接耳
面對一個盛裝出演的
年輕女孩，大媽大嬸兒們
愈加地苛刻嚴厲
皺眉，鼻子嘴唇擠成了一團：
「太瘦！」
「沒腰！」
「不好看，小家子氣！」
沒有人評價她的唱功
也不關心演技

我於是明白了
美麗的女人
如何一步步在輿論中
走向平庸
或者死亡

「所有女人對女人的仇恨，都是女人對妓女的仇恨」[1]

2016.5.13 於 北京

---

[1]　末句出自陳希我長篇小說《抓癢》。

墓誌銘

三十年如一日，她再次
為丈夫和女兒做好早餐
因為女兒在早餐前吸掉的一支香煙
並且和丈夫發生了一點兒口角
她皺起眉頭，面容苦難
雙手合十，禱告：
「主啊，
倘若我們的婚姻是一個錯誤
倘若我們的家庭是一個錯誤
請為軟弱的人們指明道路吧」

她始終忠誠於家庭，直到死亡

而另一個人，她尚且年輕
三十歲的幻影方才朝她招招手
她擁有親人，朋友，工作和情人
亦飲酒作樂，醉生夢死
自由生長
如同一株帶刺的火紅玫瑰
在她寄給自己的一大本明信片裡，躺著：
南安普頓的船隻，杜倫的城堡……

新加坡的夜市，和舊時的柏林崗哨……
她還將前往南極

她始終忠誠於自己
她想她將如此忠誠下去，直到死亡

歲月的尖利指甲爬過
她們的面容
她們不忍老去的身體
留下血紅的道印
她們終於告別這世界
毫無二致

但畢竟
她和她
曾經大相徑庭地活著

2016.4.20 於 廣州

樓鳳兒（組詩）

樓鳳兒

他是「樓鳳兒」經營者[1]
每次去KTV
總能慧眼識珠
從一堆良家婦女中
發展出他的下屬
而被發展者也雙目放光
就像
同志找到了組織

門板

每個賣淫團夥裡
都有一人充當「門板」
顧名思義——擋住風浪
但凡出現問題
全往「門板」身上賴
蹲班房是家常便飯

---

[1] 「樓鳳兒」，指隱匿在居民樓裡接客的小姐。

「誰還在乎名譽？」
「只要能掙錢」
「都爭著當污點！」

硬不起來

聚會上
男同學A面露狡黠笑容
有點兒神祕：
「你們不知道那晚」
「他們都要了小姐，我沒要」
男同學B迅速一挑眉：
「這事兒我也幹不來」
「不知怎的，不喜歡陌生人」
C呷一口濃茶，唪出茶葉：
「沒勁」
「硬不起來」

2017.8.5 於 北京

她懷了前夫的孩子

從天津開往北京的深夜
客戶將手伸向她的大腿
她向前夫求救
逃脫客戶的魔掌
卻跳入前夫的火坑
一擊即中，她懷孕了
前夫說：
「咱倆離婚一年多了」
「你開什麼玩笑」
父母說：
「你要敢生下來」
「我們就敢不管」
她躺在逆風的方向，叉開雙腿
生下這孩子
她說：
無論如何，這是上帝饋贈的禮物

2017.8.7.於 北京

她站在全世界的對面

結婚四年，她在婚外
愛上一個男作家
不久懷孕了
男作家趕忙宣稱自己是
獨身主義者
她站在全世界的對面
生下這孩子
遠走高飛，不告而別
最後一次見她時，我動容：
「這些年，你過得好麼？」
她眼光波動，淡淡笑：
「你看我，過得還好麼？」

2017.8.7. 於 北京

民主鬥士

一些男性朋友
關心社會民主
淺薄夜色裡
呷紅酒
優雅皺眉
指點江山的樣子
既貴族又搖滾

話鋒一轉
他們也關心孩子
「棍棒教育有好處」
「風險低，穩定勝於創意」
還讚美妻子
「無私的後勤部長」
「聰明——話少，低調」

2012.5.25 於 倫敦

薩莉

皮製手鏈：迷醉搖滾的青春歲月

寬大男士手錶：他們險些毀掉的你的心

黑色指甲油：未曾打消的叛逃念頭

有人打斷你沉思，他們叫你：

薩莉

薩莉，薩莉

是否有個堅若磐石的過去

那些，女人摒住的呼吸，飛奔的腳步

深夜裡睜大的眼睛

這樣想像你

坐上過山車我從不吱哇亂叫

也不可一臉順服

緊閉雙唇我在健身房揮動啞鈴

鍛鍊自己的面不改色

薩莉你眼角溝壑如雜草鋪陳

多想為你撫平

我看著你想像十年後的自己

人們說，活下去是有意義的

2012.12.19 於 倫敦

一想到疼痛我便想起我的小腹

一想到疼痛我便想起我的小腹
比如：經血
多麼女性化的一個詞語
比如：海鳥，潮汐，月亮
諸如此類的一切
把遮光窗簾拉緊安穩地睡上一覺
有時我不需要光線
為此我甚至收藏了三件眼罩
某年冬天的一個日子
從清晨醒來睜眼躺到午後
滾動在巨大綿軟的床墊上好似在海中央
然後是英格蘭冬季早逝的光
純黑色，整日的純黑色
相形之下眼淚難以啟齒
有時人群在寂靜中行走我就點燃一支煙
人群行走的樣子就像煙圈嫋嫋上升
一次停電的時候我正坐在浴缸上抽煙
哐當一下的純黑色
還有寂靜，還有香煙，還有我的封閉的狹小的空間
我無法告訴你那有多美妙
你是否嘗到過窒息的滋味？

緊憋住一口氣許久

呼地一下放開你就以為你又活了一回

你就以為你又飲下一杯慘烈的龍舌蘭

你就以為你又旋轉腳尖跳出一支淫蕩的芭蕾

風兒把頭髮吹亂的時候我作出若無其事的表情歌唱

陽光從頭頂斜斜地鑽進眼睛裡你知道我多憂傷麼

潮濕的地下旅館，蟑螂，遠處的馬達聲，樓下的嘻哈青年，

暴力，性，毒品，銀行家的妻子，首相的妻子，偉大的母

愛，娼妓，小偷，愛，死亡，手槍，寫作寫作寫作，愛，死亡，

愛愛愛，死亡死亡死亡

安全秀美的小島漂浮在無邊無際的大海上

讓我就這樣寫下一首沒有始終的詩

就像我剛剛吞下的小番茄和醃培根肉片

　　　　　　　　　　　　　2013.7.12 於 倫敦

我有一條白色滌綸吊帶睡袍

我有一條白色滌綸，吊帶睡袍
還有一件帶肩章的，米色風衣
每天中午
我穿著睡袍，披上風衣
去樓下超市，買食物
電梯裡碰見的白人鄰居，說：
「睡袍外面裹風衣，很酷呀！」
我喜歡
經過超市大玻璃門時
扭頭看裡邊的側影：
上半身，風衣挺拔
腳旁，白色睡袍的
蕾絲邊，被風揚起
向後揚起，連著
抬起的高跟鞋
劃出漂亮的弧線
還能聽見高跟鞋
咯咯咯
咯咯咯
踩在鋪磚地面的聲音

2013.8.18 於 倫敦

眼睛

忘不掉那些眼睛

打量，緊盯……緊釘

有時你們發笑

有時我尖叫

這些時候我是器皿

是充氣娃娃，或者

實驗室裡的小白鼠

集中營裡的無政府主義者

有時我大概也有這樣一雙眼睛

被迫或與生俱來

人們肯定「觀察」的必要性

慢慢你就習慣了

2012.12.21 於 倫敦

廉價公屋裡的紅髮女人

在我去超市的路上
有棟政府廉價公屋
今天下午
二樓陽臺站著
一個紅髮女人

一個
紅髮
女人

紅髮蓬亂地，挽起
黑色吊帶背心，緊裹
三十來歲的身體
右手，夾香煙揮舞
左手，抓手機
而她的嘴
正對著話筒，叫嚷
情人間的爭吵
吵哇吵飛揚跋扈
那模樣

簡直
性感死了

那模樣簡直性感死了

我於是，又看了一眼
她身後
那間破舊的公屋
那個沒露面的
狼一樣的，男人
連同在那屋裡發生過的
一切虛無

我定是遺失了些什麼
或是正在懷念
此刻我興許貪婪，不可理喻
而我分明瞭解──

「無論怎麼過，這都是一段令人抱歉的人生」

2013.6.28 於 倫敦

女銀行家下班了

女銀行家下班了
女銀行家脫下行政外套
輕巧盤繞腰間
左長右短：一件前衛小禮服
女銀行家穿亮紫色襯衫
鬆開頭三顆紐扣，喘氣兒
低調的肉色內衣
此刻的一對士兵
換上6英寸細高跟
亮紫色
派對手包仍是這顏色
女銀行家打散頭頂的髻
濃密的棕卷髮落向肩頭
一跳一跳
傍晚7：15
三十出頭
五官平庸的女銀行家
下班了
從一個男性統治世界
急匆匆奔赴另一個
兩點之間

經過的路口
一隻神采飛揚的小野貓

2012.6.26 於 倫敦

作為一位準媽媽

她將成為一位媽媽
腹部渾圓飽滿
白底橫條的緊身衣下
繃出一條拋物線
盡量挺拔上身
微揚頭
嘴角上翹
高鼻樑與，長睫毛
她的面前有
奶昔
時尚雜誌花花綠綠
咖啡館外
陽光璀璨
投向她對面
金髮小姐的身上
我多麼高興看見
一位準媽媽，面前擺放著
時尚雜誌
而不是
育嬰手冊

她倆神采飛揚談天
她順手將長髮在腦後
挽成鬆散的髻
顯然並沒有剪髮
沒有企圖以此
「使嬰兒更營養健康」
她穿米黃色七分褲
夾趾沙灘涼拖
張揚的
橙黃皮包，斜靠腳邊
作為一位準媽媽
也不必非得
結束什麼舊生命
開始什麼新生命吧？
我出門抽煙
繞過她
這會兒咖啡館裡
拉丁舞曲似火
準媽媽閉上眼沉醉
扭呀扭

連同，那條拋物線
少女之舞

2012.8.8 於 倫敦

唐人街餃子麵館裡的樓面阿妹，
長著我九歲時家裡小阿姨同樣的
一張臉

唐人街餃子麵館裡
一位樓面阿妹長著
我九歲時家裡小阿姨同樣的
一張臉
單眼皮兒
睫毛稀疏下垂
兩腮肉鼓鼓
短粗馬尾
一縷沾了油漬的長劉海
斜掛耳邊
「一加一為什麼等於三？」
我看菜單時
她與工友大姐說笑
她叫她「靚姐」
「懷孕了唄」
靚姐坐在臨街的窗前揉麵粉
頭不回地吼一嗓子
「不對不對」

還沒說出答案
她先把自個兒笑趴在收銀臺上
年輕的
勞動人民的厚實手
呼啦啦亂顫
「再加一件『衣』（一）就是『三』件衣啦」
也不知我理解對了沒有
「哈嘍，砍埃哈普油」（Hello, can I help you?）
我吞下一隻水餃
新客人進門
她迎上前
英語和自信足夠用
「你們從中國哪裡來？」
等菜間隙，客人問
「哪兒的都有」
她咧嘴笑
上牙齦粉色發亮
「附近哪兒能購物呀？」

客人也非本地人，所謂城市總是如此
「牛津街，」你這麼這麼走
她比劃著
很時尚地
我叫買單
她正擦一張長木桌
小腹頂住邊緣
上身前傾
俯下
右手筆直伸向前
像姿勢優美的舞者
一會兒
大步流星送來帳單
小男孩兒似的步伐
翹馬尾上下跳
「謝謝」，我說
謝謝。她也說
小男孩兒似的沒心肺
脆生生的

2012.7.11 於 倫敦

弗拉明戈舞者

紅月亮
黑太陽
一個周身疼痛的
女人
向後凹陷
由腹部穿過的
鐵釘
掛在半空，腿是鐘擺：
嗒
嗒嗒嗒
嗒嗒
死亡造訪以前
與幻象熱戀
沉溺於不確定
那些未命名的
隱形之物
奔向，逃離，如此往復
躍跳的牛背上
插滿長槍，沉默是金
經血染紅右耳旁
一枚鮮花，然後提著

我的罪

她的頭顱
去親吻
去復仇，坍塌以前：
嗒
嗒嗒嗒
嗒嗒
嗒
嗒嗒嗒
嗒嗒
我知道即使基督的特權也
沒法兒阻止
她的驕傲

2013.3.19 於 倫敦

爸爸

你在電話上說著
想領養一個女兒
真假摻拌
什麼時候起，微笑和漠然
成為我僅剩的華服
除了那一次
相互吼叫之後，你送我上火車
我擁抱你
恰似你的前世戀人
眼淚破舊
如腐鏽的刀
你難以自控
疑心我已叛逃
而我在氣味混雜的倫敦地下鐵
反復播放中國民族音樂
耳機裡是你譜的曲
音符喚起過往
你的青春，有過的戎馬歲月
你曾一絲不苟為我指定鮮亮的服飾
標準髮型，和營養食譜
還有懲罰時的怒吼，又悄悄寫下日記：

「西兒……

我多麼抱歉……」

對於詩歌，你讚美而責備

經驗帶給你處世的智慧

卻忘了詩歌與音樂的共通性

像遺傳基因

睜開眼看世界吧。你說

你認為我該活得安穩實際

有時你比往常沉默

我便為自己的出生而難過

揣測它如何損壞了你的威望

使媽媽衰老

許多年了，我背向你們腳步如飛

一面在世間找尋你的影子

我拒絕想像你們早於我離世

或是為疾病所困

或不足夠快樂

可我時常感到無助

像對自己的無能為力

像我對愛過的每一個人感到無能為力

表像頑固而可疑

百無一用的文字能夠安慰你麼，爸爸
璀璨如同白晝的月光，能不能
那畢竟是同一枚月亮呵
我曾夢見過你們的樣子
行走在住宅小區的河邊，叢林
穿過大門口的幼兒園
不露聲色，右轉通往世界
而我正在其中
面目哀傷，脖頸倔強

爸爸

我也許永世不皈依宗教
卻將時常為你們禱告

2013.2.8 於 倫敦

我的罪

你最像上帝

三

氣質

你把你的沉重，你的陰鬱
傳遞給我
我把你的沉重，你的陰鬱
融入我的血液裡
將我的叛逆與任性
埋藏得更深
長成，這時的我
好似，藍得發黑的，海底
在暗處湧動，翻騰

「你如今的氣質裡
藏著你走過的路，讀過的書
以及，你曾愛過的人」

2016.4.4. 於 北京

刺

我在夜深人靜的晚上想起你
天空是一張漆黑的畫布
時間是一隻漆黑的漩渦
出奇的寧靜強調了我的孤獨
彷彿有一根極細極尖的刺
扎在我的心臟
這根刺就是你
伴隨我的每一口呼吸，撩撥疼痛
拔出來，就留下一點空洞

2016.4.5 於 北京

昏昏欲睡

離開你之後的日子裡

我總是昏昏欲睡

睡眠已成為逃避這世界的方式

在我更年輕的時候

也曾以香煙，酒精和吵鬧的音樂逃離

而歲月流逝

香煙已不再如夢似幻

酒精更加速了我的心碎

過分強烈的音樂則令人心臟生疼

離開你之後的日子裡

我總是昏昏欲睡

睡眠已成為逃避這世界的方式

每一日

我在想念的絕望中不知不覺地睡去

又不知不覺地，輕輕地醒來

在醒來的瞬間

陷入更深，更深的絕望

2016.4.5 於 北京

上帝不在，上帝很忙

在這一年四月第一個陽光明媚的日子裡
你我同時丟掉了工作
上帝不在
上帝很忙
你告訴我，在你返回英格蘭的第五天
你仍然終日在網上玩著
編程遊戲
我告訴你，在你返回英格蘭的第五天
我仍然樂此不疲地閱讀前途一片渺茫的
文學
兩位待業青年
人們距離貧窮不過一步之遙
我們有點兒像
世間的兩個傻子
兩個傻子本該是對完美戀人
上帝不在
上帝很忙
你我險些同時丟掉的，還有
我們的愛情
你親親我吧
你親親我吧

可你熱切地和英格蘭談著戀愛

你狂熱地迷上了所謂，穩妥，的一切

而英格蘭於你，便象徵著：穩妥

好山，好水，好無聊

你的離去，充分說明了這一點

我站在點與點的物理距離之間

毫無辦法，假裝獨立

什麼時候，什麼時候

我們會在一起？

再看吧。你說

我問你千萬次

你就千萬次地回答我：

再、看、吧。

上帝不在

上帝很忙

一無所有的人們，失無可失

2016.4.11 於 北京

左手

在嘈雜的皮卡迪利廣場
我穿越攢動的人頭
跟緊一步，只為
握住你前行中，不經意
伸向我的，左手
唯恐失散便是
一生一世

2013.6.18 於 倫敦

醒與告別

又一個陽光明媚的午後，夏天不遠
我醒了

再做一次回憶，這是真正的告別
去年夏天──那時候肆無忌憚的高聲哭笑
去吧。靜靜流過我的身體
像被一陣龍捲風席捲
朝著反方向再不見蹤影的蕩漾開

光潔的小腿睡著了
再不會醒來，我知道
你把我的臉在月光中捧起
淚水化為珍珠的瞬間，我的重生得以宣布

那麼去他的超短裙吧
即使塗著黑色指甲油，我也奇跡般地重獲少女貞操

讓我用最溫柔的聲音和你說話
如果沒有柔情，我們又怎可能活下去？
你也要帶我離開。就像自己離開一樣的帶我離開
我就長在你溫文儒雅的十指之間

握緊的時候，我乖乖睡去
張開的時候，我把最風騷的豔情舞跳給你一個人看

後來我開始坐在眾人間聆聽別人的故事
聽故事
寫故事
然後把故事告訴許多不相干的其他人
這樣也很快樂

除你之外，這是第二件讓我快樂的事情
這樣就可以了。我很滿足

又一個陽光明媚的午後，夏天不遠
我醒了

火焰中的靈魂隨同身體一起死去
海水中的我興奮不已矗立在你的手心
我把最風騷的豔情舞跳給你一個人看

2007.4 於 倫敦

美麗千年

駕一葉扁舟
你和我要去往遙遠的孤島

旅途中
我扔掉超短裙、指甲油
扔掉香水，與昂貴的化妝品
你把錢包丟棄
又將計算機和跑車砸得稀巴爛
怒目圓睜，高昂著聲音衝它們叫喊——

惡魔！

跋山涉水
我們穿越時光，穿越了
憎恨、貪婪與離別
後來，到達那片碧綠田野之時
你走近我，擁抱我

兩隻鼻子相互摩挲
兩片小腹吸磁般接合
兩雙手臂絞纏

我們將二十顆腳趾播種進田野
我們長成了一棵樹
美麗千年

　　　　　　　　　　時間不詳 英國，紐卡斯爾

救誰

看見于一爽在朋友圈
發的問題：
我的身體，和
靈魂
同時掉進水裡
你先救誰？
我就去問小神仙
他回答我：
你的靈魂

2017. 1. 21 於 倫敦

因你最像上帝

送我去廣州時你穿一件潔白襯衣，黑西褲
我卻想起在家時你T恤上印一隻Snoopy小狗
看《量子之謎》和《線性代數》
你帶上一百塊零錢就和我上了火車
如果這時一杯咖啡裡有毒
我就替你先嘗一口，如果——任何時候
另一次也是在火車上
我對你說：
我多愛你，因你最像上帝
而你回答：
我多愛你，因你最像，上帝的孩子
在今天我認定你就是上帝的首席提琴師
我說你是我終極的愛
如同《時間簡史》於霍金

2017.7.7 於 廣州

給小神仙

就那麼三兩個人
你們在操場上打籃球
我在一旁看
夏季的午後
太陽曬著膠皮的味道
我想像我們年少時的樣子

2014.6.1 地點不詳

災

每當愛情來臨
我的心，就被疼痛緩慢撕扯
在尚未得到以前，便
恐懼遺失
絕望，生長成
一片海
如同，滅頂之災

2016.1.14 於 北京

等雨停

很久沒有在曠野中奔跑了
很久沒有面朝大海，痛哭一場了
很久沒有肆無忌憚地親吻了
很久沒有再和一個人裸身擁抱了
很久沒有在紅燈時笑叫著穿馬路了
很久沒有通宵達旦，再頂著殘妝等日出了

還有很多，很久沒有再做的事

一果說：
去啊，等雨停了，就去曠野中奔跑

一果又說：
願你感覺擁抱

時間、地點不詳

阿梅說

阿梅說：
你要記住
在這個世界上沒有什麼東西是
永恆
的

如果它碰巧
永恆
了
那只是
碰巧

2016.1.20 於 廣州

七秒‧魚之戀

當魚愛上魚
兩條大紅色的魚，追逐，粉紅色的你
後來就是分離
轉身，即是永別
好在我聽說，魚的記憶只有七秒
所以。「你好，再見」。

「唉，怎麼就剩她了？」
「其他魚老追著她咬。」
「其他魚哪兒去了？」
「放生了。」
「那些草呢？」
「搬走了。」
這就是故事的結局了吧

這個夏季濃縮進
二十個烈日普照，或細雨連綿的
日子裡
我在這個夏季，體驗了神跡
突然間，靈異的感覺就不見了

2017.7.1 於 廣州

那年

你戀過的身體，在我們
逃亡的第一站
瞬間枯槁

皺紋裏夾
失真的諾言，是那年
你曾哼唱過的殘斷歌謠

2010.7.16 於 倫敦

一片巨大的荒原

在天亮之前的十幾分鐘
你無預兆地來了
拼命地愛了一會兒，就為了
十幾分鐘之後
又毫無預兆地離棄

在你發瘋一樣狠狠地愛了又離棄之處
有一座俗裡俗氣的石橋，那裡
空氣冷得出虛汗
路燈曖昧地呵氣，弄得
那些吻也潮乎乎的

我未來得及被風乾嘴唇，就忙著
把眼睛斜向別處，做出
滿不在乎的表情
你還是一副
天要塌下來的樣子
上躥下跳，扳住我的肩
然後天亮了
你，風一樣絕塵而去

我的罪

因為餘興未盡
我的胸口長出
一片巨大的荒原
接下來的幾秒鐘
我從床上坐了起來
做出
滿不在乎的表情

2010.9.12 於 倫敦

雲端

那一端必定也有故事
也有巨人守更的山脈
水蛇般狹長的海岸線
燈光與若隱若現的
生活，妝點山谷的莊嚴寂寞

還有被撕裂的白晝
戰慄著閃爍
王者羽翼豐滿，烏黑
翅膀張開，拍打
從中你裙裾飛揚，緩步走來

只一個輪迴的
呼吸，眼眸憂傷
便吹散山谷，打濕了燈芯
暗淡成一張廣袤的平面
淡成深深淺淺的粉色的
潮汐，水霧沸騰的仙女的
湖泊，貴婦般神祕
也有些孤獨的島嶼

我的罪

　　那一端必定也曾有過故事與
　　生活，她的愛情與
　　等待──這
　　必定不是瘋話，儘管那似乎就是
　　一瞬間的事情

2010.6.1 於 倫敦

一團圓

眼淚乾涸後
死在小腹裡

它曾存在於我的知覺中
卻又消失得無影無蹤
然後
小腹平靜了

血腥的味道
混雜著排泄物的味道
還有嘔吐的味道
於是
我遺失了它的味道

我所記得的它
是一團圓
僅是
一團圓

　　　　　　　　　時間、地點不詳

HZ，我並非不愛你

我是空氣，我是透明的，我的疼痛是一條蛇，蜷縮在身體裡。我往上飄啊飄，看見死亡的顏色，那是一片深秋的海，深黃色的，咆哮著。

HZ，我並非不愛你。
你是我的夢境，你是我的荒原，你是一潭碧水，你是一場幻覺；
你是泡沫，你是粉紅夕陽，你是月光灑在地上的一縷白；
你也是鎖鏈，你亦是城牆，你是我一眼望也望不到邊際的天空。

走的時候請不要回頭，就讓我們各自痛苦得幾乎死去。
死去吧，死去吧，那些罪惡的軀殼已經步履蹣跚，慾望之火危在旦夕。
就癱倒在那坍塌的城堡邊上，讓我們吃力地睜開眼睛，再看一眼天空緩慢飛過的鳥群；
讓我們掙扎著張開乾涸的嘴，再一次品嘗腐爛的腥臭味兒。
然後——然後，一切便只剩下寂靜……

現在我可以安靜了麼？現在我可以不再胡言亂語了麼？

請不要撫摸我光潔的身體，因為我已經不會再為之興奮地顫抖。

時間不詳 倫敦

有些話我很少說出口

有些話我很少說出口
也不善誘他人說出口
比如：
我愛你；我走這邊；那就
算了吧
取而代之
我們飲酒作樂
在旋轉時伺機凝視
或者，去鄉村
去大海
旅途中別有深意地
沉默，回望
無言記住
這永不再來的一刻
有些話我極少說出口
如同我的仁慈與軟弱
不忍親手將
我們
繫上火刑柱

　　　　　　　　　　　　時間、地點不詳

我嘗試專注

我嘗試專注
專注於
洗刷杯中的咖啡漬
等待一壺水沸騰
然後，認認真真
從冰箱取出，全脂牛奶
還有櫥櫃裡的
咖啡粉
我嘗試專注
這些簡單的事物，卻以
緊盯客廳中央的
乳白色地毯
——想起你
而結束

時間、地點不詳

你問我為什麼想見到你

你問我為什麼想見到你
我說，就想
看見你，看見你
碰碰你
看見你，是活的
還會
對我笑
真的

時間、地點不詳

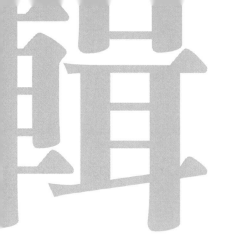

你的寂寞

你的寂寞

臉頰偏向窗外
夕陽投入一道瘖啞的光
光線打在你的側臉上
你仍舊那麼美麗，媽媽
你總是抱怨我不像你那樣善於保養
然而，這個美麗的側臉
讓我瞬間又窺見了，你的寂寞
瘖啞光線下的側臉
那便是你的顏色，瘖啞的

2016.7.25 於 北京

媽媽的味道

「這樣下去，你不會有好結果」

「我做了什麼孽，竟會生出你這等不孝子」

「去吧，去和你的朋友鬼混吧，從此不要再叫我媽」

我戴上隱形的耳塞

一個箭步衝出家門

整日在外遊蕩

返回時，你窩在廚房裡

為我做晚餐

臉色陰沉，仿如將落暴雨的天空

廚房裡飄出幾縷

充滿生活氣息的油煙味兒

那便是你的味道

媽媽

你的，寂寞的味道

2016.7.25 於 北京

流逝

你說，你這個廢物
　　　　　　我生下你有什麼用
你說，你這個畜生
　　　　　　我要和你斷絕關係
我不要你了
我不要你了
我不要你了
　　　　　　你一連說了三次

爸爸打電話給我
勸我「諒解你」
　　　　　「斬斷骨頭連著筋」

我並非，不能諒解，只是
有些感情，就是這樣
　　　　　漸漸流逝[1]

2017.1.5 於 倫敦

---

[1]　末句借鑒沈浩波詩歌《外婆的葬禮》末句。

其樂融融

過年了，她勸我
給所有親朋拜年
給小輩，晚輩打紅包

如同平日，她告誡我
「家醜不可外揚」
「人前面帶微笑」

她還熱衷在飯局上
給眾人倒茶
諸如此類

窮其一生
母親都在追求一種
我所不能接受的
與「真實」相抵的
「其樂融融」

2017.2.1 於 倫敦

媽媽別說了

媽媽別再說了

大腦就要爆炸

況且還趕時間

郵局，超市，晚間加班

真的媽媽，別再說了

您想怎樣您究竟想怎樣

機關槍一樣詛咒於事無補

再說我就去跳樓

每次掛上您電話

我真想跳樓

您總能叫我確信生活糟透了我一文不值

而忘記眼下亟待解決的問題

唉能回到正題上來麼媽媽

請回到真正的問題上來

媽媽

您沒有在聽

鄰座女孩摔了電話

猛然跳起將咖啡弄灑

奪門而出前

以澈底的深情演繹了

怨憤

可她蹩腳地愛著您呢，那位媽媽
可是我愛您媽媽

　　　　　　　　　　　　　2012.2.2 於 倫敦

不服

爸爸
拿一隻手指著
他的另一隻手
陌生的鬆弛上面
融化了零星的褐色斑點
突兀而不潔
「就是去年開始長起來的」
「一、二、三」
「四、五……」
他數到第十顆老年斑
乾笑一聲：
「媽的老子不服嘞」
「老子精力旺盛得，直想找人打一架」

2016.7.26 於 北京

愛國婊

（寫於2016年7月「南海仲裁」背景下）

「南海局勢」白熱化
大家紛紛罵戰
一個詞語被創造——
「愛國婊」

爸爸發來他作曲的
一首歌——
《誓將熱血獻中華》
「浩瀚南海，美麗的三沙⋯⋯」
「祖先的叮嚀，這裡自古屬中華⋯⋯」

他在螢幕背後彈奏
用的依然是
少年時的十指[1]

爸爸生於1956年，夏

2016.7.26 於 北京

---

[1]　此句借鑒沈浩波詩歌《森林》末句。

歸途

我不斷返回，又不斷出走
那個被叫作「老家」的地方
每一年

除了紀念出生地
還為探望爺爺
奶奶離世之前，奶奶離世之後

他一直生活在這裡。
每一年
三個弟弟也不斷返回，又不斷出走

短暫地返回時，所有人團坐在
爺爺身邊磕瓜子兒
鬧哄哄，爺爺靜坐在中間像

一株灰色的古樹，有著
堅固的樹根，我們是
散向四周的眾多枝丫

今年八十四歲的爺爺病了
住進了廣州的醫院
間歇性失憶（腦梗）

「到了我這樣的年齡
衰老不可避免
只望它來得慢一些」

爺爺說。
我去探望爺爺
他每每教導我

修身，齊家，治國
這樣安靜對談的時間太少
就像這些年還鄉的時光也太少

太少。爺爺住在
醫院2號樓的11層，我擠上
混雜著消毒水氣味的電梯

來到131號病床前
看到爺爺，穿病號服的爺爺靜坐如同
一株灰色的古樹

這些天一個念頭不止一次閃過
我的腦海，倘若爺爺走了
我們便只剩下，出走

再不需要，返回
倘若爺爺走了
家，就散了

2016.5.3 於 廣州

我的罪

孤獨

無題

你們愛我麼
我們跳舞吧

時間、地點不詳

六月，倫敦，天空下的一種安慰

白的棉花糖
生長在
藍的海平面
當中散開的飛絮
是孤零自由的島嶼

轉過頭，不看塵世
陽光曬得右臉頰發燙
我仰面躺在
廣闊的綠草之上
幻想永逝將至

2013.6.1 於 倫敦

烏托邦毀滅

「人生是一個美麗的夢」
「我們的法律和道德在戳穿這個夢」

但我的困惑，遠非孤獨
得知這一點，如釋重負

而尼采瘋了
嬉皮士們死了
烏托邦毀滅
波伏娃戀上女性

上帝的旨意是一個謎
你的本能謀殺了自由
深諳悲劇的倖存人
苟且活過二十七歲

讓我們成為最浪蕩的玩世者
或是絕望地在藝術中找尋歸宿

我的罪

「藝術也能帶來高潮」

「好比性高潮」

2017.8.16 於 深圳

日子

每到這個時候
我們無事可做
我們在微信群裡
相互喊喊話

「你在做什麼？」
「好睏，等下班」
「吃水果，從早吃到晚」
「喝酒，瞎混」
「始終在看『前言』，其實在發呆」
……

然後
好睏的繼續睡覺
喝酒的繼續喝酒
玩手機的繼續玩手機

一天再次過去

「慢慢，是一種腐蝕的速度」

2015.7.17 於 倫敦

後來，他們不再喊我喝酒

後來
我外出的習慣就變了：
在12點前到家，睡覺
後來
他們就不再喊我喝酒
不知道
和12點的門禁有沒有關係
最後一次吐露心聲時
他們七嘴八舌：
想當年你也是個妞兒啊
想當年你可有點兒瘋狂
現在說來
像是上輩子的事情

後來
他們就不再喊我喝酒

2016.9.12 於 北京

七月巴黎・大好時光

七月巴黎街頭
城市是一隻巨大火爐
一些慾望在白天被燒毀
又在夜晚死灰復燃
這使我想起2005年夏天的
北京
我和你一樣
也曾嘗試體味每一種慾望
此時和彼時
總是站在
一截伸向街道的露天陽臺上
和夥伴們消耗一支支煙蒂
再把它們拋入炎熱的空氣裡
想像我們是靈巧穿梭的熱帶魚
七月巴黎街頭
城市是一隻巨大火爐
這使我想起2005年夏天的北京
方式不止一種
而幻影一去不返
正如那些逝去的,大好時光

2015.7.8 於 巴黎

我的北京

飛機騰起的瞬間
機艙廣播裡響起
字正腔圓的倫敦音
我的北京，被關在
白色的遮光板之外
我沒有打開遮光板再看它一眼
我不忍再看它一眼
由於逃避現實
我很快陷入
昏昏沉沉的睡眠
在夢中我離死亡如此之近
我離死亡如此之近因為我
剛剛離開了，我的北京
我的雙腳再一次與大地分離
懸置於空氣之中

2016年9月16日：
起站當地時間：15:10
尚需飛行時間：8:22
目的地當地時間：8:10

2016.9.16 於 北京飛往倫敦的國際航班上

很久以前

很久以前
我們在新年午夜的索比頓
談論死亡
談論自殺，善惡，和吸毒者
我們談論如何改變這世界
甚至談論了
每個人心中的魔鬼
必定還談論過許多其他
必定還在不同時間的不同場所進行過
許多次這樣的交談
比如在布萊頓
在金絲雀碼頭旁的西班牙餐館
很久，很久以前
我們在新年午夜的索比頓
談論死亡
不遠處有河靜靜流過
不遠處有人在唱
友誼地久天長

2016.7.31 於 北京開往深圳的高鐵上

青春

如此久遠，我仍然沒有忘記
這令人吃驚：2003年秋天，G
淋成落湯雞，聽一倫敦小夥兒賣唱
《斯卡布羅市集》，淚如雨下
同年夏天，M在
烏節路巨幅海報對面，沖我嚷嚷
——女人，我、要、豔、遇
還是這年夏天，我們在
名叫「粉紅天使」的酒吧裡，接受
男人們的香水與玫瑰，舞步淩亂
你說你愛看我脫下鞋跳上沙發的樣子
你說我一手夾煙慵懶又驕傲得像一隻貓
如此久遠，我仍然沒有忘記：
2005年夏天，染成
正紅色的長髮，那時還沒有拆除的
女人街，經常會夜遇明星的
「仙吧」，聲名狼藉的明星，那時
我們比他們更乾淨，儘管B
每晚都想一夜情而未遂，Z
酒後狂舞，逗樂眾人
我們拉扯嚼過的口香糖，蓋住

車牌號，一路狂飆，彷彿
死亡本身
如此久遠，我仍然沒有忘記
這令人吃驚，河裡的水逆流而上
一地碎片重新凝結，我的時光
因你們而倒流，如此久遠
那是我走失的青春：
新加坡永遠在滴水的空調
北京被烈日曬化的柏油路
紐卡斯爾一片灰色的天空
……
「想瞭解一個人，便要知道他
二十歲時候的樣子」

2016.5.20 於 北京

單程票

從體育館樓上俯瞰
一個少女的舞蹈課
她
挽起很高的髻
身著，純黑色體操服
四肢裸露
「唰——」
光潔細長的雙腿，繃直
在籃球場的木地板上，劈開
乾淨，漂亮的「一」字形
我於是彷彿重拾
那遺失的
氣味，溫度，和時光
……
我於是，剎那恍惚
樓上，樓下
少女，和我
這少女，是不是我？

2015.7.14 於 倫敦

鏡子

我尖酸刻薄
我無中生有
我橫衝直撞
我目中無人

我道貌岸然
我陽奉陰違
我笑裡藏刀
我厚顏無恥

我冷漠如同雪上加霜
我輕蔑如同銀針穿刺皮肉
我狂怒如同颱風席捲
我攻擊如同瘋癲的野獸

「你為何這樣傷害我……」
──你楚楚可憐
「你憑什麼如此待我！」
──你歇斯底里

我_的**罪**

我不是上帝
我不過是
你的鏡子

2016.4.16 於 廣州

遲疑

我走進門
你看向我
目光中閃過，瞬間的遲疑
我便明白了
這些年，我的
衰老與軟弱

2016.5.15 於 北京

這個冬天‧南‧北

這個冬天
北方的味道，是
刺鼻的
人們說，那是
灰塵的味道
整座城市正像蒙上了灰塵
綠，也綠不澈底，是
灰綠色
寒風凜冽
如刀，吹透
紙片兒般的人們

這個冬天
南方的味道
溫暖綿軟
令我想起我的
童年
濕潤的雨，淅淅瀝瀝
下了一整天
彷彿也
浸透我的回憶

化作我
流不出的淚水

2016.1.18 於 廣州

治癒

燃一把火燒毀
慾望在尖叫
慾望似冥幣紛飛
從這場大雪開始
丟棄火焰本身
你絕塵而去
你幾乎就要開口，告訴我：
這便是成長
這便是治癒

2015.10.17 於 倫敦

無詩可寫的日子

無詩可寫的日子
何必走街串巷，添置新裳？
不過華麗裝扮了
一組器官
在虛空中，消磨半晌

2015.7.8 於 倫敦

虛空

無詩可寫的日子
你的胸中，空空蕩蕩
放慢步伐行走
提起裙角，爬升階梯
公園裡靜坐的時間
似嬝嬝上升的煙圈
圖書館中放空半日
隔壁座位的老頭
他翻動報紙的聲音
令你想長長地
睡上一覺
還有──
那些石板路
高跟鞋的「咯咯」聲
那些地鐵往來
被風吹斜的劉海
那些等待
窮極無聊的電視劇
那些短暫的驚喜
旅程中的迷幻藥
那些燥熱的施工聲

那些這些，這些那些
幸好沒有人考問你：
生之意義何在？
這虛度的光陰呵……
一支燃盡的蠟燭
大約也不過如此

                        2015.6.29 於 倫敦

閉上嘴

當我不想說話
我就緊閉我的嘴唇
就像嚴嚴實實地
拉上了拉鍊
第一次恍然大悟
長著
一張明顯是亞洲人的
外國人面孔，也是
一種優勢
彷彿我本就
不會開口說話
彷彿我迷失在
語言中
我不喜歡那個
沒話找話的東歐男人
他看見我在圖書館門口
抽煙
就走來向我要
一支煙
他說：
「親愛的，你看

今天的天氣
不如你美麗」
但這掩蓋不了他想
抽免費香煙
的事實

2015.5.14 於 倫敦

灰色

五月初的一天
如此炎熱
我在咖啡館裡讀詩
面前擺放著一杯冰拿鐵
除了情
這世上沒有什麼值得留戀
人們長著一張張麻木的臉
過去遭受的傷痕
都變成生命中的刻印
變成成長的軌跡
我的心中一片灰色
已很久不知快樂的滋味
甚至並無快感
我無法躲避自己
回過神，咖啡館裡播放著
年代久遠的輕音樂
令人厭世

2016.5.6 於 廣州

填補

困倦，行屍走肉，與一個男人在酒吧裡
18年的威士忌，大衛杜夫牌雪茄
「交談下去。」時空顛倒
空氣混沌，屋內飄蕩著懷舊音樂
口中噴出
濃厚的一簇煙霧，瞬間無蹤，幽靈
交談下去。談論詩歌
人性，或者其他
在生命的空洞裡必須交談下去
像填補一個傷口

2016.8.5 於 深圳

曝露

倫敦地鐵上的乘客們
習慣手捧
一張報紙，一本書
旅途中，無聲閱讀
今天坐在我旁邊的
黑色長髮，亞洲女孩
也捧一本書
她翻開中間一頁
滿篇的——
中、國、漢、字、
語言，在瞬間曝露了
她的身分
我的心，在瞬間
柔軟

2015.7.6 於 倫敦

父女

四十來歲的，她
攙起
七十來歲的，他
一雙手肘交疊
一步，兩步，三步
……

他賣力，以一支纖細的木拐杖
帶動
淺灰色西裝裡，那堆老骨頭
如同再戰疆場
前進：一步，兩步，三步
……

她遲緩，暗紅色套裙下
健碩的雙腿，一步一停
就像，她孩提時的蹣跚學步
就像，他左手中的另一支拐杖
另一枚勳章

我的罪

在這罕見的陽光下
一步，兩步，三步
……

2015.6.11 於 倫敦

別無他法

詩歌是苦難賦予的禮物
心臟從胸腔內打落的瞬間
你明白了這一點
空──了──
──切──
你將眼睛眯成一條縫
無法直視兩三天以來晴朗至極的好天氣
這是，對這塵世的厭倦，抑或眷戀？
你瞳孔散開
散──開──
就像肆無忌憚那樣地散開
像喪失控制力那樣，散──開──
噢，可以確定你沒有磕藥
長久的一年裡
你甚至滴酒不沾
可這會兒你的四肢卻無法安於現狀
跳動，晃動
比如一名荒誕滑稽的小丑
而你別無他法
無所適從
無所適從

而你別無他法
窗外陽光明媚——
陽光下的每一個人，都懷揣一個美夢
你多不願聽到美夢墜地
「哢嚓」的碎裂聲
有時人們認為
你擁有這世上最軟的心腸
陽光下的每一個人，都懷揣一個美夢
你又何苦再做個
吭哧吭哧的苦行詩人
詩——人——
聽到這個詞，你嘴角微微向上翹了翹
你將食指鋪陳，面對一頁白紙
雪白
長久抖動卻遲遲沒有按下的食指
是你壓抑隱秘的慾望
你感到理屈詞窮
你多麼擔心自己喪失掉寫詩的能力
前兩天，有那麼一瞬
你考慮過用一板安眠藥
去解決你的憂傷

還有恐懼──你也有
無邊無際的，恐懼
一整板的安眠藥，夠不夠？
你這樣問自己
但你終究一事無成
連死亡，你也沒有幹成
現在，你就坐在這裡
食指鋪陳，面對一頁雪白紙張
白紙上浮現出你的臉

2015.4.10 於 倫敦

清晨

又一個失去動機的8:00整
我醒來
在夢中我感到自己離死亡如此之近
夢不會撒謊
現在我醒來
從溫熱的被子裡鑽出
點燃一天裡的第一支煙
拉開深黑色遮光窗簾
陽光給角落裡的事物鍍上一層金色的幻夢
其餘事物仍舊深陷靜謐的暗色調中
從正對我的窗口看去
工人坐在鏟土車裡
指揮車子一圈圈地來回轉
把土從這裡，鏟到那裡
再從這裡，鏟到那裡
還有工人捶打木板，傳來聲音
機器轟鳴
又一天，就這樣開始了
我的憂傷無邊無際

2014.11.4 於 倫敦

我的妹妹

是一個夜晚
穿灰白襯衫的男人，來告訴我：
原來我曾經
竟有個妹妹
只出生三天
便夭折
「她一接觸帶菌的東西就會感染」

昨天夜晚的夢裡
他來，這樣告訴我

2014.10.1 於 倫敦

人性化

如果你需要一些零錢我就送去一些零錢
如果你需要一些蔬菜我就送去一些蔬菜
如果你需要一個親吻我就親吻你
如果你需要一張明信片我就從遠方給你寄去一張明信片

如果你需要我傷悲我就為你傷悲
如果你需要我恐懼我就讓你看見我的恐懼
如果你需要一記耳光我就狠狠抽在你的臉上
如果你需要無盡苦難我就帶給你無盡苦難

我、還、是、我

2013.7.22 於 倫敦

沒有同謀

現在就死去！
如此往復地呢喃著
匍匐，蠕動，在這裡
未必就可以不失去，但你

不是同謀
儘管成為血紅色慾望的始作俑者
你並不清楚，這祕密策劃的
極度狂歡，幻滅之後

起誓接連破碎，除愛情之外
亦未能倖免於難
瓦解的，鋪成了碎石子路

無論通向地獄或天堂，審判者
都面臨著罹難人
隕落之後最堅忍的沉靜

滾動的浪潮穿上外套
劃不出
一道淚痕

　　　　　　　　　　　　2010.3.6 於 倫敦

灰傘

你羽翼尚豐滿
卻被誰折斷？
在一團灰色的
灰色的，泥漿，或積水中
搖擺你的槳，猖狂的雨過之後

你丟失的，是一縷
曾安置你的靈魂，但
生活對我說，每一次拋棄
都該有個好藉口。那麼
誰是你的主人？

2010.4.2 於 倫敦

愛上殺手的人生

你硬要扒開真相去看
才發現真相血淋淋
夜深人靜
我愛上殺手的人生

想去
許許多多的無人領土
與你共攀
一座座孤獨的山峰

我說，人比山複雜多了
再高的山，不就是座山麼
它又不會動
它又不會動

我將要
與大自然發生親密關係
與物發生親密關係
深入
再深入

2013.12.4 於 倫敦

2013年夏末秋初，
我住過的賓館房間號

2013年夏末秋初，我住過的賓館房間號：

深圳：1705

南京：301

長沙：3512

北京：一間速8，房號忘了

廣州：1504

又到深圳：1915

香港：604

我留不住時時刻刻正在失去的一切

2013.10.15 地點不詳

黑色的雲

現在我的腹中騰起
一團黑色的雲
從前，不止一人問我：
你有，黑暗恐懼症麼？
就是那些
矛盾的
衝突的
詭秘的
離經叛道的
可我向來
並非「傳統」之人呵
有時簡直
痛恨傳統
不止一人又對我說：
你在，追求完美
大白話是：
裝、女、神
事實上我
越來越
不在乎這一切
憑什麼

太太就一定比娼妓更好？
牧師就一定比偽教徒更好？
警察就一定比小偷更好？
小偷說：誰叫你們
還要臉！
所以，「好」
是什麼
「壞」呢？
所以，一切都是
平等，的麼？
但我確實，不切實際地希望
只要人們樂意
就能幸福愉快
不為我所動
不為其他人所動
我還聽過那個：
「每個人心裡都有兩隻狼
餵哪只、肥哪只」的故事
——我並非冥頑不化的
——似乎寫下這首詩
就是為了證明

這一點
儘管語氣聽上去
過於隨便
現在我的腹中騰起一團
黑色的雲
我像個走鋼絲的人
踩在中間
我明明既不是黑色
也不是白色
也不是流行語所說的
「灰色的」
我覺得我沒有什麼
特定的顏色

2013.6.29 於 倫敦

搖籃曲

那就死上一會兒
或者長長地睡眠

未言明的戒律
火焰上的寂靜
有片刻表裡如一

噢聽著，親愛的
要天真無邪
流白色的血

2012.3.9 於 倫敦

舞步飛旋

淡藍淡藍的海洋
是了無邊際的天空
雲的隊伍遊過，似
一支暗自快樂的群舞
咚恰恰咚
而後我真的看見了彩虹
在那幻影的弧度消逝以前——

也牽我跳支舞吧
舞步飛旋，就像沒有摩擦力

2011.10.25 於 倫敦

疾病，春風化雨

需要一場疾病
肢體滾燙，助我
背叛思想
咽喉腫痛，助我
忽視其他
疼痛
藥丸，白水，馬桶蓋
你看我甚至忘了
要吃飯
需要一場疾病
春風化雨，使我
乾淨
並且，柔軟

2013.3.7 於 倫敦

正如

我竭力保護
你們的
──自我
正如我竭力保護
我的

2013.4.5 於 倫敦

孤獨

為你們裹上潔白的床單
如一尊尊完美雕像
我赤身裸體
——擁抱
像個孩子

2013.8.7 於 倫敦

病人，噓！

（又在咖啡館）

對面高大個子的白人婦女
把手戳在嬰兒車裡換尿布
換呀換足折騰了十分鐘
約在第九分鐘時
驟然抬頭
拿眼珠瞪我，那一眼
是什麼中心思想？

我於是買來熱茶和培根餅
翻開電腦坐定
打算談談那一眼中隱約露餡兒
的
——痛苦
打算叫白人婦女拋磚引玉
再順勢提及
你，我，他，她的痛苦
可
半天沒寫一個字

我恍然大悟我淺薄無知
病人之間別胡亂斷病

全
是
病
人

2012.2.7 於 倫敦

有時我是海

有時我是海

也是森林和太陽

如此堅決地相信

和自欺欺人沒什麼關係

氣體在膨脹

液體在流動

胸口一隻鐵錘擊打

鑄成心的第二條命

世界間歇性順眼

安全且不朽

這會兒能去散散步

走進熙攘的人群

表演刀槍不入

2012.2.1 於 倫敦

向遠方

我在心中埋下一個祕密
計畫在四十歲那年
死去
今天遇見一個詞,說
那叫──「青春晚期」

以上計畫產生於
秋冬難辨的
冰涼夜晚,倫敦
並不曖昧
天空扣上棺蓋,總有誰
已經死了吧

最好死在
壯烈的黃昏到來之前
靈魂穿過,尚年輕的胸膛
向遠方
著手無終點的旅程
有些,疑似永恆

必須謝謝你們曾經熱愛
或正青睞，我的青春
可對於此事，我日漸感到
抱歉得很

2011.10.17 於 倫敦

什麼村莊

我發誓是真的
前後想過
萬一發財的日子

就建一座村莊
面朝大海[1]，充滿陽光
而你們，而妳們
統統來了
歌唱，舞蹈，寫詩
飲酒，奔跑，大聲笑

還要，將手掌覆蓋靈魂的胸膛
宣告：一切以善出發的童話
及其合法性
無論如何，我們始終純潔

所有人同所有人相愛
日日夜夜
就這樣在一起吧，那麼

---

[1] 此句借鑒海子的詩句「面朝大海，春曖花開」。

想過之後
一切如常
就像眼下，歌裡在唱：
告別和死亡
就像眼下，我還
沒有發財

倒也並無意外呵……

無非
歲月流逝，我還沒有發財
也沒有
什麼村莊

2011.10.5 於 倫敦

寫在2013年聖誕節下午

我翻開一本小說打算閱讀
希望自己有朝一日，也能寫出牛逼小說
我翻開一本小說打算閱讀
卻又神經質地合上
如今我總和自己做對
越是想做的事情，就越是抱以懷疑態度
比方我有意讓自己思考——
憑什麼我
就不能過成一攤爛泥
過得一塌糊塗，亂七八糟
事實上你很難證明：一切不是平等的
是我們的恐懼在作祟麼
是不是也沒必要，企圖找出什麼
恰如其分的理由
好讓種種選擇
獲得其合法性
這時候小神仙就坐在緊挨我的沙發上
他無聊得睜不開眼
他手裡捧的雜誌更像是一種裝飾
「你想坐在陽臺上看書麼」，我問
他無精打采地看向落地窗外

倫敦的冬天
這個靜謐的聖誕節
「不想」
他覺得陽臺上太冷了
其實我很想嘗一嘗
裹著厚大衣
待在陽臺上看書
的滋味
愛上一種清冷的激情
就像日本人的清酒

2013.12.25 於 倫敦

未遂

倫敦的夏天來了
天空藍得要命
藍得
我們想謀殺它

你說：去吧。微微抖動
無辜的眼睫毛
我當真拿來菜刀
可最終，我倆一事無成

後來
烏雲像墨汁，染了天空
不得不看雨點的劈哩啪啦，使我
懊惱地想了想：
謀殺或者謀殺未遂，究竟
誰更勇敢？

現在的天，半灰半藍的
我像大多數的快樂者
分辨不出

可我的快樂是裝的

　　　　　　　　　　2011.6.12 於 倫敦

癌

不如就承認
偏執症像呼吸一樣如影隨形
痙攣的姿勢很難看
與它作鬥爭的結局
無疑使我像個虛弱的瘋子
別再說了
姑且打開，讓洶湧覆蓋
一如什麼慢性疾病什麼擴散緩慢的癌
可，或遲或早
厭倦總會繽紛而至，我窮盡等候的那
巨大而乏力的──厭倦啊
給了我們多少次重生

2010.11.6 於 倫敦

裁縫

我曾穿越繚亂景色，我
從未悔過
戳破的青春
有時漏風，便
抓一把生活的煙幕
縫縫補補

2010.7.23 於 倫敦

輪迴

你們看見我怎樣死去
又甦醒過來
在這樣的生死輪迴之中
我經歷了多少次
撕心裂肺的感傷

正在發生的這個時代
已令人麻木
然而我依然有觸覺：
當你探入深處的瞬間
我依然有味覺與嗅覺：
白色的霧穿過鼻孔
「咚」地一聲落進肺裡

我也還有聽覺：
我聽見你們在藍蓮花的潰爛裡空洞地笑
空洞地呻吟與流淚

老樹在震顫
因為寒冷，或是聽見華爾茲的喜悅

天空又是黑與白的一線之遙
陽光如同路人甲，施捨我一串幻想

然後碎了
不知是什麼打落在地上
彎成無數個彎的小道被人們稱為馬路

他發出聲音
她發出聲音
有人在海洋的邊境找到了路
又在路的邊境找到海洋

我怎會像這樣漂在水上？
這樣問彷彿我又成了一個勇者

魅惑地笑
是否便掩蓋了內心的慌
那是否寒冷之際更為寒冷的一次表演

我的罪

表演是我的天賦
也是你的吧？
也是你的吧？

我沒有逃
因為還不夠勇敢

2005.10.18 於 英國，紐卡斯爾

窗戶全鎖上了

一個人待著，我感到心慌
頭暈，四肢迅速麻木，又恢復知覺
去醫院裡看醫生
醫生只聽我說了一句，就說：
你這是心理問題吧……
可仍舊給我開了些活血化瘀，通絡止痛的藥
用於：
「胸痹，心痛，眩暈」，等等
我倒是該少吃點兒藥
如今記憶力大不如前
另外：
把身體調養得過分嬌貴，總歸不是件好事
你對它笑了九十九次，第一百次沒有笑
它就給你一巴掌
我想嘗試自己偷偷地減藥
昨天媽媽生我氣了
又生我氣了
儘管在減藥這個問題上，我們似乎是意見一致的
但她不滿意
她總是不滿意
她說我又傷了她的心，又

她說和我待在一塊兒是自找不痛快云云，又
她找爸爸來做我的說客，又又又
他倆總是這樣，互為對方的說客聯盟
我像三明治的中間層，或者夾心餅乾
想每天找出點兒不高興的事兒太容易了
其實吧
我一點兒也不想傷害她你相信麼
其實你信不信也不重要
我就是一點兒，也不想，傷、害、她
我在分離的一刻臉繃得緊緊的拉得老長
現在我獨自一人坐在酒店寬大的房間裡流淚
酒店的第十八層
窗戶全被鎖上了
我幾乎聽見自己的脈搏聲
酒店的經營者大概是見多了我這樣的女神……
……經
生怕我們往下跳
總之窗戶打不開
總之真他媽安靜

噢現在，清潔工來了
她在門外按著門鈴

2014.6.16 於 深圳

在精神科（組詩）

在精神科

黃黃的
黝黑皮膚的姑娘
側身坐在
椅子扶手上
長劉海垂下來
她從指縫間看我
謹慎地，內斂地

躁鬱症患者手記

我在精神病院裡住著
企圖記錄下一些什麼
就像我總在企圖記錄
人們渴望著不朽

我不願參與，他們的遊戲
換來的藥物使頭腦沉重
昏睡，昏睡，昏睡
這些天我在昏睡中度過許多時間

真害怕就這樣睡了過去
原來，我也是懼怕死亡的

太不捨了
還有那麼多未完成的事情
未完成的愛
所以就得，活下去
活下去，去愛，去創造

妳務必使自己相信
每一個人，都是來幫助妳的
妳這樣想
事情就會真的朝這個方向發展
試一試
清醒，閉目，全力以赴地向後躺倒
就像沒有重力
妳要相信他們正在身後接著妳
接納妳，唯有愛

而妳若厭惡昏睡
便要珍惜清醒的每一刻

我那用於創造的十指啊
又怎能以它們，搬弄是非

我在精神病院裡住著
企圖記錄下一些什麼
隔壁房間的男孩一心認為自己住進了監獄
他耿耿於懷的是
每個人右手腕上繫著一根塑膠紙條
那上面有我們的名字
年齡，性別，還有科室
這個男孩會背古詩
他背誦李白的「床前明月光」
還來詢問我，是不是能教給他更多古詩
另一個穿著華麗的女孩
每日盛裝，在醫院的長走廊上來回踱步
若有所思
弄不懂，護士怎能容忍她不穿病號服
還有一位夜裡來敲我房門
聲稱要和我交朋友的老大媽
她也不穿病號服
大晚上穿著大紅色外套，戴墨鏡

「我能進來坐一會兒嗎？我想和你做朋友」
她對我說
她著實把我給嚇著了
她並且三番五次地來，「我感覺和你很有緣份啊」
她一定要我張嘴說話
可我就不，我又不認識她
還有很多

我在精神病院裡住著
企圖記錄下一些什麼
第一次，我感到自己離死亡如此之近
我甚至開始考慮
死亡之後，將由誰誰來完成
我的作品出版
說真的，我應當害怕自己寫作的樣子
我是如此熱愛它
以至於，愛，甚至多過於，寫，本身
我久久不敢落筆
擔心自己一旦動筆就破壞掉它的完美性
我害怕自己被它燒掉，被它吃掉
我害怕自己被它燒掉

燃燒的感覺是確切的
沒有誰比我更懂得這個確切的感覺
但是現在我想要活下去
前所未有的強烈願望
現在我要活下去
很久，很久
去愛，去創造，去好好生活

想寫

想寫
就是想寫
我要趁我在變成真正的精神病人之前多留下些什麼
或者，在我的敏感神經消失之前
多留下些什麼
真有意思，當我企圖用拼音打下「消失」
電腦輸入法裡聯想出了「小時」二字
它也知道，這一切與時間有關
「消逝」也與時間有關
我也許不會成為一名優秀的寫作者
我這樣悲傷地感到

我的寫作太缺乏計畫性，隨機性太強
一味地憑藉激情寫作是不是不可靠？
我會去注意醫院長走道上的腳步聲
這是不是不好？
爸爸媽媽希望我想得更少一些
陽光一些
快樂一些
小神仙也是如此
我打下「陽光」和「快樂」
電腦說「快了」
我等待著
我等待著
現在天黑了
一場下不下來的雨
悶雷的聲音
我記得小時候最愛
這種大白天裡昏天黑地下大雨的感覺
自己安靜地坐在房間裡幹點兒什麼
就覺得安全
我會把靈異的感覺從自己身上去除掉
以後乾脆忘掉這一切吧

就是好好活著
小神仙，我那麼愛你

死而後生

不作死就不會死
我的體檢報表充分地
說明了這一點
似乎是乙肝，出了一些毛病
醫生說好在
感染源都是陰性的
就是抗體多得不像話
正常數值好像應該是：10，左右
可我有300多
我媽說，這說明
乙肝疾病曾經在我的體內打了一仗
我的身體跟它抗衡
然後身體打贏了，就留下了這些抗體
醫生說，抗體多是好事
說明對於乙肝疾病的抵抗力強
可這畢竟說明

我曾經感染過乙肝疾病
死而後生
這真是讓人後怕
我要怎樣，才能過活得更好一些？
我總是這樣不善於過生活
放鬆一些
放鬆一些
抓得太緊了吧

煙民們的慘澹生活

我想躲在醫院樓道盡頭唯一一扇開著的窗那兒
抽支煙
結果人太多了，人們紛紛在做運動
抻抻胳膊，抻抻腿，什麼的
我本以為即使他們在抻抻胳膊抻抻腿什麼的
沒有人會走到窗邊，這麼深
結果一個彪形大漢走了過來
就好像，他早已識破我的陰謀
我想在醫院六樓的小花園裡抽支煙
結果小花院裡到處立著標誌：

無煙醫院，此處禁止吸煙，云云
小花園就正對著一間間窗戶敞開的醫生辦公室
真是可惡
一樓倒是可以抽煙的
那兒有一大片停車，倒車用的空地
一有機會我就和他下去散步
快活似神仙，那麼一小會兒
問題是
要去一樓太麻煩：
得鎖門，樓道裡的住客太多了
而我沒有鑰匙
這就意味著在把門反鎖之後
在我下樓抽完煙的僅僅五分鐘之後
我又得跑上樓向護士要鑰匙
如此形成慣例
護士會煩死我
最終我決定躲在房間的廁所裡抽
我拿了一個一次性使用的塑料杯
裡邊對上點兒水
就成了一隻完美煙灰缸
前幾次我偷偷抽完的煙頭

現在就靜靜地躺在杯子裡
水已泡得發黃，彷彿一種愉悅的迷幻
再拿起這只杯子
把自己鎖在廁所裡
狼吞虎嚥
我一直咥到過濾嘴兒都發燙了
真他媽香啊

六樓陽臺上的每一個人，都像一個長鏡頭

六樓陽臺上的每一個人都像一個長鏡頭
醫院六樓有個小花園
而我更願稱之為：陽臺
露天的，浪漫的，叫法
六樓陽臺上的人們
他們總在慢慢地走著
兜圈子，或是原地踏步
總之就是慢慢地，慢慢地
一些人會做運動，站定一個地方
雙臂交錯擺動，捶打肩膀
或是一腳接一腳地踏著花壇護欄

也是交錯著踏，速度快起來就成了彈跳

還有一個打羽毛球的老先生

第一次時，他見到我和小神仙坐在一旁的石階上，他對我說：

「好幸福啊！這樣病肯定好得快！」

他還囑咐我少抽些煙

我見過他兩次在六樓的露天陽臺上打羽毛球

第二次的時候他的姐姐來了

姐姐欺哄他說：明天就可以出院了哦，多好呀

姐姐希望他多做戶外運動，打打羽毛球什麼的

姐姐走了，之前老先生使勁地擁抱她

旁人見姐姐走了就問小護工：

他明天就出院啦？

小護工趁老先生背轉身

神色凝重地輕搖頭

老先生弓著背

揀起掉在地上的一隻

羽毛球

六樓陽臺上的每一個人都像一個長鏡頭

有時我在陽臺邊緣的長石階上坐著

旁邊也會坐上不相干的兩個人

脫了鞋，光著腳丫子，點著一支煙

拿家鄉話聊點兒什麼
他們的家鄉話很像閩南話
但我無法確定
還有輪椅上的老太太
自帶一個收音機
收音機裡茲茲拉拉，一會兒又響出音樂
酒乾倘賣無，十五的月亮，什麼的
像極了時光倒流
簡直浪漫死了
簡直浪漫死了
六樓陽臺上的每一個人
都像一個長鏡頭

無題 2

我沒有從詩歌中悟出什麼道理
我的自毀之慾念如此深重
從未消去
然而愛啊，創造啊
愛啊，重新走向

我們的生活啊──眼下
這想法勝過了一切

2014.5 於 廣州

對面的窗

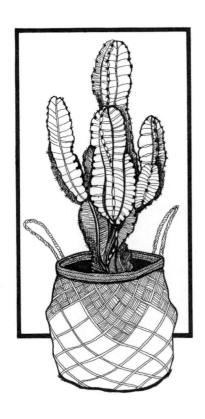

霧

整座城市掉進了濃湯裡
早晨十一點四十五分
它被撈了出來

2015.11.1 於 倫敦

長椅上

陽光下
花園裡
一個普普通通的
中年女人
身著短褲
光腳，屈腿
雙手環繞膝蓋，坐在
長椅上

2015.7.10 於 倫敦

對面的窗

夜晚

對面一扇

細長的落地玻璃窗

窗簾朝上拉起

臥室沒有開燈

走道的餘光

從敞開的木門裡

鑽進來

一個穿著四腳內褲的赤身男人

是個影子

出沒在房間

他先套上

一條深色長褲，然後

向後勾起左腳

用手扯掉，左邊的襪子

再然後，是右腳

最後

他從我看不見的地方

拿起一條浴巾

走出房間

對面這扇細長的落地玻璃窗裡

現在有，床的一角，罩著白色床單
脫下的兩隻襪子
搭在他的外套上

2014.7.13 於 倫敦

露天咖啡館裡的人們

下雨了
露天咖啡館的傘下坐了一排休息的人

第一桌的男孩兒給母親打電話：
「北京這幾天有點兒霾，天空灰濛濛的」
山東口音

第三桌的白襯衫男孩兒
交叉雙臂，手機掖在腋下
打盹兒

第四桌的淺藍裙子女孩兒
頭戴黑色耳機，打遊戲
入迷

第五桌兩個中年男子
面對面坐著，滔滔不絕
像在談生意

我坐在第二桌
穿棕色大花兒長裙
點著一支煙，安靜看雨

2017.8.2 於 北京

倔強

土黃色低跟鞋
鞋面閃亮
淡藍色花布褲子
七分褲
腳腕細瘦
骨骼向後突起
裹在極細一層皮裡
左右滾動，倔強

2015.5.22 於 倫敦

她

她跟隨你
回到你的家，你們
一起打掃，整理房間
一起買菜，做飯
一起從宜家買回DIY的衣櫃
一起組裝，你們
一起做了許多事情
一起度過許多快活時光
直到有天
她坐在客廳裡發呆
你躺在臥室裡發呆
你們都，沒有發出聲響
你也，看不見她
有那麼一瞬
你突然恍惚——
她是否真的
跟隨你
回到你的家？
有那麼一瞬
你懷疑自己——

幻覺出了
一個她

2016.9.21 於 倫敦

妳存在，妳存在

不銹鋼水龍頭倒映著
四肢修長，蒼白
妳躺下，起身，妳弓背屈腿坐著
雙手環繞雙腿
妳感到存在
妳躺下，浴缸裡的水浮起妳的手
平衡，對稱
蒼白，像一雙假手
水波在妳的小腹之上
漾出一層層圓圈
形狀不規則的，逐漸散開的
霧氣
妳將手臂緩緩從水中升起
又緩緩降下
如脫下一件極輕薄的紗，再穿上
妳感到存在
不銹鋼水龍頭倒映著
妳的四肢
妳在熱乎乎的霧氣中，險些死去
妳幾乎活著

妳感到存在
妳感到存在

　　　　　　　2014.3.1 英國，斯旺西

劍橋小旅館

劍橋的小旅館老舊花哨
該怎麼形容，甚至有點兒⋯⋯土
我們都感到失望
但都閉口不言
大堂裡，樓道中，一簇簇穿戴華麗誇張的人們
男人的領結，女人的，亮閃閃的蓬蓬裙
如同闖入年代久遠的魔幻故事
壓低聲音交談，面目神祕
誰也不知道
他們將要去往哪裡

2014.1.11 於 劍橋

睡著

坐在我右邊的
陌生女人
睡著了
我偏過
頭，看她
想看清她的樣子

坐在我右邊的陌生女人
睡著了
我偏過頭看她想看清她
的樣子

她突然
睜開了眼

2016.8.1 於 某高鐵上

時光緩慢

一條魚在水中吐著氣泡兒
外文歌曲在室內
虛無縹緲
時光緩慢，彷彿
只有一條魚置身
時光之外
一條粉紅色的魚在水中
悠然，浮沉──它的粉紅
如此之淡
幾近透明

2017.6.24 於 廣州

覓食

他抓起麵包屑，手懸在空中
粉紅色的魚
仰起嘴，魚身下墜，魚尾在水中
柔軟擺動，如同索吻
突然她，躍出水面
疾速叼走麵包屑，劃出
一道乾脆利落的垂直線
又落回水中
柔軟，沉靜

2017.7.11 於 廣州

養生

媽媽為我請來一位
營養調理師
據專家說
為了調養
我需要：

禁食主食
禁食肉類
禁食蛋黃，和非新鮮類食物
每天喝溫開水2000毫升
禁喝涼水
晚7點後僅可少量飲水
睡前4小時禁食
每天排便3-5次
每天敲打全身經絡20分鐘
禁食海鮮，辛辣，酒，咖啡
禁食含糖食物
油鹽適度
早8，午12，晚6點前進餐
等等
等等

於是我彷彿看到
一個早8晚6的素食主義者
每天不停喝溫開水，外加不停排便
且毫無任何生活情趣
的無聊生活

2016.4.13 於 廣州

摳逼

在麥當勞
從背後飛速
撞翻我託盤中的
所有食物
他連說了三句
不好意思
之後，揚長而去

2017.8.26 於 深圳

身世之謎

L向大家介紹
B老師是江西人
後者瞪圓了眼珠：
「我明明是廣東梅州的！」
可當說到，我祖籍湖南湘西
B老師瞬間一拍大腿：
「哎呀，咱算半個老鄉！」
轉天一道去洗腳城
按摩小妹笑眯眯問
老闆哪裡人呀？
B不假思索，一揚頭：
「廣西的！」

2017.8.22 於 深圳

禁止吸煙

做完乾蒸和足療
我躺在水療館寬大舒適的沙發上
讀詩
扶手印著「禁止吸煙」的大字

左側飄來一陣煙味兒
我望去，是一個
滿頭白髮，形骸放浪的大叔
叼著煙，玩兒手機

「大哥，這裡可以吸煙麼？」
我壓低聲音問
他輕揚頭，挑眉：
「你抽吧，沒事兒！」

我「啪」地按亮了火機

2017.7.15 於 深圳

我的身體像救護車一樣叫起來

我能在夜裡聽見
自己肺部的聲音
有時「呼哧呼哧」，很沉重
有時「嘶嘶」的，又尖又利
甚至有一次它
「嘀嘟嘀嘟」地叫起來
和救護車聲一模一樣
我發誓我沒有幻聽——
醫生說
那是「氣道痙攣」所致

2017.8.9 於 廣州

後記
願星光照耀你們

文｜西楠

出版一本寫詩十餘年來的精選集，一直是我的心願。這次能夠把這件事情做成，我感到非常快樂。

2005年，是我寫下人生中第一首詩歌的一年。當時我在英國念本科，大學快畢業了，和那時的同居男友情感不順，心中鬱積了許多情緒。一天在實習單位，當天的事情都做完了，我在位置上發呆，看著窗外難得一見的英格蘭陽光，鬼使神差地揮筆，就在面前的一張白紙上寫下了這第一首詩歌——《輪迴》。這首詩歌也被收錄在了這本選集當中。

現在想來，那時寫詩是沒有任何目的性的。到了後來，詩歌就成了我表現自己內心和情感世界的一個常規辦法。

所以，如上所述，我的早期詩歌中大多沒有太多考慮，僅作宣洩的一種方式。到了中期，因為罹患嚴重的躁鬱症，曾經一度幾乎無法下筆，即使下筆，寫出的東西也十分難以取悅自己。（但當然，我仍舊感激詩歌——它幾乎陪伴我度過了生命中所有最黑暗的時刻。）另一段時間，我則迷上了本世紀初興起於中國的「下半身」詩歌寫作流派，也曾有過幼稚而詞不達意的學習、模仿，但多以失敗告終。最後，就到了現在，2017年的下半年，我似乎終於脫離了自己舊的寫作階段，又在新的寫作階段中找到了風格與位置。可以說，在這一時期，我的詩歌寫作受到中國

「口語詩」流派影響較大，但同時又懂得了在流派影響下保持自身獨立思考與風格的重要性。

2005年到2017年，精選出來的140餘首詩歌全在這裡了，交由你們評判。從最初的詩歌寫作走到今日不易，我整整跋山涉水地走了十二年，並且，如同前文中所提及，其中也包括許多暗無天日的時光。

還好，如今我仍然活著，並且沒有停止寫作──我想僅因為這一點，已值得欣慰。我和朋友們開玩笑說：對於我這樣一個做什麼事情都是三天新鮮的人而言，寫作算是我長到這麼大，堅持得最好的一件事情了。的確如此。

在我的上一本詩集《一想到疼痛我便想起我的小腹》的後記〈一切只能如此，但永不停止創造〉中，我曾經寫下過這樣一段話：

> ……寫作初期會想：有一天，我的文字要抵達那麼那麼多人，產生那麼那麼深遠的影響……很久以後看來，大約許多寫作者都不得不接受某些可能存在的局限性……而如今我已確信，很多時候，孤獨的寫作者們不過是為了那一、兩個真實存在的「有緣人」而寫。在那些轉瞬即逝的特殊時刻，「有緣的」我們已有片刻心領神會，如此，我寫下的這些無甚新意的冰冷文字也有了瞬間有效的可能。

我至今沒有改變以上想法。並且，如今我還告誡自己：寫作，應當回到初心。什麼是「初心」？我想起高中時有一次，被要求參加全省數學競賽（所有人必須參加，匪夷所思），根本看

不懂題目。當時窗外是廣州悶熱的夏天，窗內是前後左右一個個埋頭苦幹、奮筆疾書的同窗。一種真切的絕望感瞬間擊中我。於是我酷酷地把選擇題全部選上了C，然後交卷走到操場上發呆……想來，我就是那時候愛上文學的吧。

是的，在那時，文學只是自我宣洩的一扇窗口，來來去去的讀者也只有那幾個與我要好的朋友。那時的寫作，不為名利，不為圈子……我想，這就是「初心」吧。人生走到一定階段，便要學著開始做減法，減到最後，只剩下乾乾淨淨、清清爽爽的自己，只剩下：一顆初心。這就是我現階段的寫作心願。

最後，再一次地，我感謝那些始終待我耐心、寬容，關愛著我的人們——他們使我無論如何不曾停止真實地去愛、去追尋自由；使我無論如何不曾停止認真、勤奮地創作，哪怕這樣的文字時常並不能收穫太多鮮花與掌聲。

我感謝本書的序言作者，我最真摯的老友、大哥：梅振華——二十年來，他始終是我在這個世界上最信任的人之一；感謝本書的封面設計師、好友熊婕，內文插畫師、好友游水女郎——她們都是非常有靈氣的、善良的女子；感謝我的責任編輯洪仕翰先生以及幫助本詩集成書的所有的編輯們——他們認真負責、不厭其煩。

一如既往，我也感謝我的讀者們（特別是能夠讀到這裡的讀者）：是你們為我支離破碎的文字賦予了獨一無二的意義。願所有讀者均能從此書中有所獲得。

我感到，當我在寫作這篇「後記」時，我的心情是爽朗的，節奏是明快的。2014年寫作上一本詩集「後記」時那樣無助、絕望的心情不復存在。我能夠與我的精神疾病共存了，感到快樂與感恩：我感恩所有愛我的人們，我感恩我親愛的上帝。

願星光照耀你們。

2017.7.27 初稿
2017.9.14 改定
於 廣州 家中

我的罪

語言文學類　PG1891　秀詩人20

我的罪：
西楠現代詩作選集 2005-2017

作　　者／西　楠
責任編輯／洪仕翰
圖文排版／周妤靜
內文插圖／游水女郎
封面設計／熊　婕
封面完稿／葉力安

發 行 人／宋政坤
法律顧問／毛國樑　律師
出版發行／秀威資訊科技股份有限公司
　　　　　114台北市內湖區瑞光路76巷65號1樓
　　　　　電話：+886-2-2796-3638　傳真：+886-2-2796-1377
　　　　　http://www.showwe.com.tw
劃撥帳號／19563868　戶名：秀威資訊科技股份有限公司
　　　　　讀者服務信箱：service@showwe.com.tw
展售門市／國家書店（松江門市）
　　　　　104台北市中山區松江路209號1樓
　　　　　電話：+886-2-2518-0207　傳真：+886-2-2518-0778
網路訂購／秀威網路書店：http://store.showwe.tw
　　　　　國家網路書店：http://www.govbooks.com.tw

2017年12月　BOD一版
定價：300元
版權所有　翻印必究
本書如有缺頁、破損或裝訂錯誤，請寄回更換

國家圖書館出版品預行編目

我的罪：西楠現代詩作選集 2005-2017 / 西楠
著. -- 一版. -- 臺北市：秀威資訊科技，
2017.12
　　面；　公分. -- (語言文學類；PG1891)
BOD版
ISBN 978-986-326-479-8(平裝)

851.487　　　　　　　　　　　106018124

讀者回函卡

感謝您購買本書，為提升服務品質，請填妥以下資料，將讀者回函卡直接寄回或傳真本公司，收到您的寶貴意見後，我們會收藏記錄及檢討，謝謝！如您需要了解本公司最新出版書目、購書優惠或企劃活動，歡迎您上網查詢或下載相關資料：http:// www.showwe.com.tw

您購買的書名：_____

出生日期：_____年_____月_____日

學歷：□高中 (含) 以下　　□大專　　□研究所 (含) 以上

職業：□製造業　□金融業　□資訊業　□軍警　□傳播業　□自由業
　　　□服務業　□公務員　□教職　　□學生　□家管　　□其它_____

購書地點：□網路書店　□實體書店　□書展　□郵購　□贈閱　□其他

您從何得知本書的消息？

　　□網路書店　□實體書店　□網路搜尋　□電子報　□書訊　□雜誌

　　□傳播媒體　□親友推薦　□網站推薦　□部落格　□其他_____

您對本書的評價：（請填代號　1.非常滿意　2.滿意　3.尚可　4.再改進）

　　封面設計____　版面編排____　內容____　文／譯筆____　價格____

讀完書後您覺得：

　　□很有收穫　□有收穫　□收穫不多　□沒收穫

對我們的建議：_____

_____

_____

_____

11466
台北市內湖區瑞光路 76 巷 65 號 1 樓

秀威資訊科技股份有限公司　　　收

BOD 數位出版事業部

....

（請沿線對折寄回，謝謝！）

姓　　名：＿＿＿＿＿＿＿＿　年齡：＿＿＿＿　性別：□女　□男

郵遞區號：□□□□□

地　　址：＿＿＿＿＿＿＿＿＿＿＿＿＿＿＿＿＿＿

聯絡電話：(日)＿＿＿＿＿＿＿＿　(夜)＿＿＿＿＿＿＿＿

E-mail：＿＿＿＿＿＿＿＿＿＿＿＿＿＿＿＿＿＿